누군가에는

맹기영 시집

누군가에는

시인

■차례

스마트 폰

요즘 도회지에서는
밤마다
반딧불이가 난다

어른이고 애들이고
가릴 것 없이 떼 지어

어두운 데서만 나는데
낮엔 날지 못하고
잠자는 것은 아니다

달님 따라 날아다니던
옛 추억 되살아난 듯이
나 홀로 또는
무리 지어

이런저런 사연에
밤마다 난다.

하얀 꽃비

꽃비가 하얗게

나비 날갯짓하듯
바람이 없는데도

폭우에서도
꽃잎 그대로
사태 흠뻑 뽐내더니

때가 되어
어미 뜻에 따라

보슬보슬
하얀 꽃비
물들이며 내리네

낙엽이 그랬던 것처럼.

쓰르르르

가는 세월 슬프다
짧은 시절 슬프다

슬프르르…

아래 세계 긴 세월
그대가 아느냐
천천히 가라는 듯

두 날개 핏발 세우며
먹이 사냥도 없이
스프르르…
자식이라도 남겨야 한다

그러다
제풀에 지쳐 쉬다
또
쓰르르르…

누군가에는

살아남기 위해서다
치열한 싸움에
혹독한 겨울 이겨내고
새 봄날 맞기 위해
수분 끊어내고
자신의 잎을 말린다
가지를 잘라낸다

그저
아름답게 물들 단풍이다
떨어지는 낙엽이다
가을 한 자락에
마음 들뜨게 하고
눈 즐겁게 하는.

裸木

지난날 풍성을 뒤로
지금 버린다
이 추위 견뎌야 하기에

있어야 할 것만 남긴 채
다 떨어내고
벌거벗은 몸이

부끄럽지 않고

겉모습일 뿐
도리를 다한
홀가분

내일의 풍요 있기에
지난날 영광 누렸기에
메말라 초라해 보여도

당당
우뚝

같아 보이는 모습이
같지 않은 모습.

그대 향한 메아리

1

오늘도 떠오른다 어제의 태양이 그러나
나에게는 어제의 태양도 지난달의
태양도 아니다

2

운명이다 신에 의한 불가항력 어쩔 수 없는
빨리 잊고 체념이 그런데 쉽지가
않다 밀치며 올라온다 비집으며
솟아난다

3

잊어야지 지워야지 과거의 공간 미래의
공간으로 덮어야지 내 안에서 밀어내야지
하지만 오늘도 아닌데 하며 그대 흔적
뒤척이고 있다 자꾸 눈에 스치고 밟히고
가슴 한구석 한바탕 들고 나고

4

오래 함께하고 싶었다 늘 곁에 머무르길
기도했다 궂은일 좋은 일 하나 되어
받아 나누고 모아 키우며
웃음 자락 고운 향기 넘치게

5

그대 흔적 왜 그리고 긴 걸까 끝이 없나
늘 사랑 타령 아니었다 다툼도 많았고
어긋남도 후회도 그런데 그대 공간이
내 속에 많다 너무도 크다

6

그대가 왔다 예전 모습 그대로
너무도 기뻐 여기저기 외쳐댔다
그가 왔다고 여기 있다고 꿈이면
어쩌나 불안해하며 마냥 부둥켜
안고 이것이 꿈인가 저것이 꿈이냐

7

답답하다 아프다 터져라

타올라라 활활

다 잊고 다 버리고 다 날리고

온몸에서 연기가 온 곳에서 회색 바람이

여기저기 안개비

8

삶은 과정의 연속 흐르고 쌓여 그 세계

고통을 즐길 줄도 넘어짐을 기다릴 줄도

그래야 인간이 풍성 성숙이 듬뿍

도망치지 말고 허우적거리지 말고

늘 함께 일수도 언제나 맑을 수 없는 것이.

착하다는

거절할 줄 모르고
싫다 와는 거리가
먼
머리 움직이는 것보다
몸 움직임이 편한
눈치도
약삭빠름도
남 이야기
걱정 근심은 먼 나라
염주 묵주가
편하다
곁에서는 속 터지고
주변에선 환호성이
잘생겼다
머리 좋네 대신하는

그것은
착하다는 겁니다.

난 괜찮아

중 2가 늘 인데
이번에는 갱년기가 이겼단다
어깨 으쓱인다

나는 다 진다
직장에서는 히스테릭에
삐질 당하고

그래도 괜찮다
수문장이니까
난 괜찮아

오춘기가 있기는 하다.

예술이 생계가

얕으막 산자락 빈 나뭇가지
색색의 페트병이 군데군데
둘레에는 얼키설키 색 줄까지

설치 미술이
누가 산자락에
이런 작품을

두릅나무였다
나무순이 잘 자라도록 매단
플라스틱병이고
모으다 보니 색색

예술이 아니라 생계

곳곳에서 느껴지는
예술이
생계가.

이름 모를 꽃

여기저기 웅성웅성
이름 모를 꽃

그리 향기롭지 않고
뛰어나게 이쁘지도 않은
보호받지 못하는

평범하나 그 자신
평범해지고 싶지 않은

밀치며 흔들리며
하루하루
자신 보내고
다른 자신 만든다

은은한 향기
소박한 열매
그만의 기쁨 속 피고 지며

이름 불리고픈 큰마음이

오늘도

그 자리 지키고 있는.

05번 버스

거기에 늘
그 길
달리고 있는
이따금 큰길도 다니지만
오르내리는 골목길이
더 친숙한 편한
그곳에서 힘자랑이
이따금 끙끙거림도
새벽부터 늦저녁까지
같지는 않으나
그런 그들이 타고 내리고
눈 오고 바람 불어도
한결같은 지팡이에
모습도 이름도
더없이 촌스러운
정겨운
05번 마을버스
오늘도 달립니다.

아시나요

비석 마을을 아시나요
공동묘지에 있는 집

빈 몸에 자식 달고
몰려든 피난민들이
몸 누일 장소 찾아 오르다
찾아진 명당

죽은 일본인들 공동묘지에
만들어진 동네
지금도 비석이 굴러다니는

죽은 자들 위에서 먹고 자고
애 키우고 애 낳고
흐릿한 호롱불에

산 목숨 부지한다는 것이
절박한 하루하루가.

녹슨 대문

모습은 당당히
여전한데

오랜 세월 그 자리
굳건히 지키느라
성한 데가 없는

든든한 수문장
굳건한 믿음에
안에서는 부족 없이
따스함 늘
무럭무럭

그냥 있는 거로
그 모습 영영 인줄

고마움 없이
별생각 없는

그날 이후

한때는 멋쟁이로
온 동네 자자했는데
이제는 이곳저곳이
부서지고 빛바래고

드문드문 훈장에
처진 어깨 내보이는
우리네 아버지
그 모습.

아낌없이 주는

검버섯에
주름도 겹겹

오랜 세월 풍파
삼키고 견디며
풍성한 과실 해마다
오는 이들 마음껏

때마다 그늘이
비바람 막이
집터 놀이터로
찾아 노는 이들
형편 따라 부담 없고

그리 한평생
아낌없이

죽어서는 가구에

화목재로 퇴비까지
그 몸 홀딱

살아 100년
죽어 100년의
보살.

해와 같이 흐르는

아침 해가 흐른다
코흘리개 시절 얼른 어른이 돼서
무엇이든 마음대로 하고프던 그즈음
어른은 다 마음대로 하는 줄 알았지
구속도 없고 간섭도 없는
어른만 되면 만사 OK다
많은 걱정과 두려움이 줄줄인 것을
그 어른들 지금은 없고

점심 해가 점점
펄펄 끓던 시절 갖고 싶은 것도
하고픈 것도 끝없던
세상을 품에 안은 듯 모든 것 가질 듯이
뜨겁게 이리저리
며칠 밤을 새워도 몇 시간 쪽잠으로
차근차근 밟아야 하고 꾸준히
노력해야 하는 것을
세상은 만만치 않은 것이

저녁놀이 다가오고

아름답고 곱게 빛나는 끝자락

여유와 풍요와 아름다움이

우리 삶도 저리 끝맺어야 하는데

환호 속에 박수 소리에

빈손으로 왔다 빈손으로 가는 길

길고도 짧은 과정

베풀며 도우며 아름다운

저녁놀 되어야 하리.

달려들어요

마음 문 크게 열고
잔걱정은 털어내고
큰 호흡에
몸은 마음이 마음은 믿음에
두려움에 머뭇거리지 말고
걱정에 발목 잡히지 말고
한 방향으로
어려움도 있고 방해도 있지만
머리도 몸도 힘껏이면
다소 못 미치더라도
오늘을 발판삼아
내일이
섣부른 결론 앞세우지 말고
변명거리 뒤적이지 말고
세상은 넓고 이룰 일은 많아
목표를 향하여
뜨겁게 달려들고
껴안아 큰 웃음 가득

용기 있고 끈기 있는 자만이
누릴 수 있는
머뭇거리면
지나가는.

그대부터 幸福

행복해지고 싶어요
행복과 친해지고 싶어요
깨트리세요
탐욕
또 지배
행복하지 않은 것은
만족지 않는
몸부림
끝이 없는
나누어 주면 옵니다
어느새 아닌 듯이
흡족지 않다 마음에
불만 쌓이고
갈등 생기고
행복이 저 멀리
평안도 없고
칭찬도 없는
그 순간이 갈림길

언제나 어디서나

이리고 가면 묶임

저리로 가면 누림

베푸세요

누리세요

그때부터 있습니다.

걱정 주머니

옆구리에 하나씩 차고 있다
누구나 갖고 있어야 하는
신의 계시
이승에 있는 탓
보이는 형태가 아니고
무게로 알 수 있는
싫다고
떼 내겠다고
몸부림 해봐야 어쩔 수 없는
비었다 싶으면 어느새 또
떼로 오거나
얽히고 섞여 오지는 않는 것이
짧게 있다가
죽치며 지내다
때마다 고통과 노력이
머리 깨지고 몸 아프고
피한다고 도망친다고
없어지지 않는

싫어도 품어야 하는

비굴하지 말고

원망하지 말고

후회는 밑거름이다 당당히 맞서야

누구나 갖고 있고 언제나 마주 할 수 있는

나이 듦에 따라 체질에 따른

무게 차이는 있는

부족한 삶의 한 부분 활력소.

숨비 소리

저승길 갔다 왔다
오는 길에 전복 소라
따왔다

자식 공부시키고
큰 줄기 보람에
날 가는 줄 몰랐다

오르락내리락이
천당에 지옥으로
남들 모르는 그 길
구만리

흥에 겨운 그 소리
닮았다
속 모르는 소리에
한숨과 헛웃음
너울너울에

갔다 왔다
신고하는 소리

휘— 휘—

그것밖에

그것밖에 안 돼 미안하다
그것밖에 못 해줘 아프다
그것 이상 주려 애썼는데
그것 넘어 보여주려 몸부림했는데
몸 바치면 될 줄 알았다
세월 지나면 되리라 믿었다
타고남 때문이지
환경인지
그러나 사랑은 변하지 않아
사람이 변할 뿐
더 몸부림할 거야
그것밖에 안 된 나를 위해
그것밖에 못 해준 너를 향해서.

문명인 편리에

문명인 편리에
상위급 즐거움이

별 의미 없이
무신경으로
쌓고 쌓여진

파괴

이어짐에 스스로의
회복도 힘 못 쓰고

아프다 힘들다
말도 못 하고

시름시름

지금만의 터전 아닙니다.

후손들도 누리고
대대로 내려야 하는

느낌보다 힘들다
불편에 짜증이어도
참고 지켜야 하는

지키는 이도 당신
파괴하는 자도
당신입니다.

종교가 나온다

지름이 1m
무게는 7kg
세상에서 제일 큰 꽃이지

그 큰 꽃이
5일 정도 피고 지는데
색감까지 너무 좋아

당연히
수많은 중매쟁이들이

세상 이치지만
냄새가 장난이 아니야
썩은 고깃내가 온몸에

다 꽁지 빠지게 도망인데
거 좋다 달려드는 거시기가 있어

놀랍게도
우렁차게 교배가 되는 거야
그 꽃이 여기에 온 이유가
완성되고

종교가 나온다.

빗자루 들고

빗자루 들고 여기저기
깨끗합니다
시원합니다
번거롭고 힘들어도

얼마 전에도 인데
오늘 또 입니다
자주 해야 하는 것이

마음은 더 이고
눈은 감고
다문 입에
처음 마음으로
구석구석 티 안 나게

냄새 안 나는 것이
주변 밝아지는 것이

눈에도 귀에도
밝은 미소 비례합니다

꾸준한 싸움입니다.

편협한 신앙

마음 벽 허물어지고
내 것에서 놓이면
창이 열리고

집착에서 벗어나
편견에서 깨어나
하나

사랑이 넘치고
자비가 흐르고
예수를 만나네
부처를 마호메트를

거듭나는 것이
해탈하는 것이

내 것만 앞세우며

네 편 내 편 나눔에
내 종교만 유일하다
내 복음이 최고다

벽만 쌓이고
싸움만 있을 뿐
소통이
사랑이

종교가 앞서야 하는데.

돈 똥만 그득한

머리에 돈 똥만 그득한 그들이

뻔지르르 온통
돈다발 처바르고
뻔지르르 교양
꼴사납게 앞세우고

바쁘다 바뻐
그 눈높이에 세계로
마구 총질해 댑니다
우물 안 개구리

냄새나는 몸에 입입니다
들이밀고 내세우며
깨트리고 마음 난장판에

일일이 맞서기 부담
피하자니 낙오자로 손가락질
당신의 영역입니다.

대접 받아야 할

언제나 묵묵히
그 자리

눈에 띄지도 않고
박수받는 일도 아닌
그러나 없으면
고통 느끼고 불쾌해지는

물처럼 흘러야

커 보이지 않아
쉽게 다가오지도
대가 크지도 않는
그 자리

눈비 가리지 않고
몸 아파도 눈 비비고

큰일 한다
입으로만 떠드는
계급으로 폼 잡는 그들에
오늘도 묵묵히

사회가 굴러가는 이유입니다
누구보다 대접 받아야 할
그들입니다.

되고 싶어

15년이다

성치 않은 두 몸이
층층 민둥산을 그야말로
젖과 꿀이 흐르는 푸른 숲으로

묘목 살 돈이 없어
가지 꺾어 심고 죽고
심고

다리 하나 짧은 몸
팔 하나 없는 몸

필요한 사람이고 싶어요.
도움 주는 손길이고 싶어요.

돌고 돌고

필요한 분 오시오

바람 드립니다

찡그리지 말고

마음 닫지 말고

안으로 밖으로

힘껏 드리겠소

지금은 에어컨에 뒷방이지만

한때는 모두가 내 품에

개의치 않고

필요한 만큼 쉬었다

마음 바꾸고 누르며

큰 가슴에

홀가분한 마음

기쁜 마음 드시오

돌고 돌고

인공 에어컨도 나오고

더한 것도 오겠지만

인간사도 세상일도 돌고 도니까.

어떤 애국심

L·A 다저스가
챔피언 결정전에서 졌네
마지막 7차전에서
초반에 마구 두들겨 맞았는데
일본인 투수였다
우리 선수가 있어 쭉
응원하던 팀이었는데
그냥 좋았고
감독이 밉기만 하고
우리 선수가 그랬더라면
꽤나 마음 아팠을 것이
마구 미안했을 것이.

그것이다

우리 비행기 안

속이 쑥 내려갑니다
답답하게 막혔던 것이
한 번에

10여 일을 그네들
양식 먹었는데…

우리 라면을 먹었습니다.
국물까지 다 먹었습니다.

어허라 두둥실

그날이 오면
더덩실 어깨춤이
함박꽃웃음에
탁 트인 가슴 가득
손에 손잡고
우리는 하나다
꼬부랑 할머니도
코흘리개 꼬마도
북에서 남으로
남에서 북으로
무궁화 물결에
한반도기 함성에
삼천리 금수강산
가다가 먹고
쉬다 가며
우리는 한겨레
영원토록 하나
동방의 아침 나라

이제는 한반도
지난 시절 날리고
맺힌 것 털어내며
힘 모아 합하여
인류를 위해
평화를 위하여
어허라 두둥실.

닮는다더니

흰머리에 검은 바지
패딩 잠바

비슷한 모습에
체격만 차이나는
두 노인

언뜻 형제인 줄 알았는데

나이 들면 닮는다더니
사랑 3개월 싸움 3년
정 30년이라더니

안 가본 데가 없고
이야깃거리가 그치지 않는
잘 살아온 삶

깔끔했네.

그 친구를 또

어쩌다 오늘 또
그 친구를 만났네
하나 더 늘은 것이

안달도 되고
화도 오는데
방법이 없네
마음은 홀가분하고

젊어서는
환경 변화로 느꼈는데
이제는 몸의 변화에

삶의 흐름인가

다음에는 또
어떤 친구를 만나게 될까
두려움도 있고
체념도 있고.

두 아들이 있는데

두 아들이 있는데
어머니가 난 아들
내가 난 아들

요즘 들어 사이가 좋지 않아

예전에는 큰아들이
내 남편에 힘도 좋아
일방적이었는데

작은아들이 머리 커지며
힘도 커진 데다 헌 남편 되고
내가 난 아들 편들다 보니

아들 편드시는 어머니가 그리도
야속했는데 그랬구나 이해되는
요즈음이다.

고향 노래가

내 살던 고향은…

고향을 그리는 노래
무덤덤에 그냥 가사만
눈에 오는

바람이 수시로 들고 나고
세월 잔뜩 머금은 요즘은

마음이 짠해진다
가슴도 먹먹해지고
눈물까지
고향이 보이고
어머니 아버지 모습에
윤희 철호도

갈 수는 있는데
볼 수는 없기에
마음에만 그려지기에.

세월 장사 없고

이쪽이 이상해
손 좀 봐 줘
그런데 저편이 또

내버려 둬
연식이 오래다 보니

더 커지면 고생이야
생명과도 연결돼 있고

차 병원을 들락날락
돈도 슬슬 깨지고
신경도 은근 자꾸

많이 쓰고 적게 쓰고의 차이는 있네
세월에는 장사 없고
사람도 마찬가지

차는 새 부속으로 교체나 하지.

그러신다

있잖아요
한밤중에 잠깐
한두 번씩 깨는데
아빠도 그래요

잠깐이 뭐냐
한밤중에 깨어 새벽녘에야
조금이다
꿈투성이에
너도 내 나이 돼봐라

아범아
나는 한밤중도 없고
새벽도 없다
꿈인지도 모르고

그러신다.

그들의 짝짓기

종족 보존을 위해
식물도 짝짓기하는데
스스로 움직일 수가 없어

벌 나비를 유혹해
생식기인 꽃을 피우고
정자인 꽃가루를 난자
꽃대에 묻히기 위해

화려하게 피우고
향기롭게는 기본
놀랍고도 신기한 재능을
더 더

살아남기 위한 본능
신비롭고도 절박한 절규.

나 송이

소나무 밑에 사는 나
기생이라 할 수 있는
그러나 나 때문에
대접받는 그

나 잘나가요
몸값이 높아요
열 손가락에 든답니다

그 없이는 살 수 없고
나의 여러 세대가
그 밑에서 나고 자라고

하지만 나로 인해 보호받는
큰절도 받는
그

그런 사이입니다.

추억은 그런 것

추억을 모읍니다
파란 주머니에
이따금 검은 봉지도

그러다 가슴 바람 들면
폭풍우 밀려옵니다
파문 너울너울

넘어질 듯 비틀비틀
꺼내 펼치고
감싸 보듬어

뚜벅뚜벅 입니다
비구름 사이 빠져나옵니다
무지개 뜨고

추억은 그런 겁니다.

담쟁이 당신

오르는 걸
아주 잘하는 당신

활력이 넘치고
숲도 풍성히 이루고

가는 건 못해요

그 시늉이 그 시늉
힘도 없어

간섭이 통제가 한마당입니다
칭찬 격려 한 아름입니다

북돋우고 훨훨
가로막아요 빙그르르.

그래 좋네

버섯 중의 버섯이
다른 것들과 비교해도
빠짐이 없는
빼어난

깊은 곳 외로이 숨어
눈 밝은 이에게만
허락하는
깊은 향 맑은 맛
홀로 우아

맛도 차이가 없어
영양도 좋아
모양이 등급 가르는

갓이 푹 퍼진 아닌
아직 성숙하지 않은 아니
남자의 그것과 같은 것이

으뜸

영양이 좋아
몸에 좋아
그래 좋네.

그리고 그리고

봄부터 무더운 여름도
풍성히 넘치는 가을까지 개미
오로지 일 일이 그 자신입니다
그런데 베짱이 노래만 합니다
봄에는 따뜻한 햇볕 아래
여름은 시원한 나무 그늘
가을에는 풍성함 만끽하며

꽤나 못마땅한 개미입니다
보기도 싫고 노랫소리도 귀찮은 것이
일은 안 하고 노래만 하며
겨울 양식 구걸하는 꼴이
그러나 이따금 소리가 좋기도 했으나
구박만 했지 아름답다고는

겨울이 왔고 눈보라에 온 동네가 꽁꽁
베짱이는 먹을 것이 떨어졌으나

개미한테 갈 수가 없었습니다
이번이 마지막이다
거듭 다짐을 받았기에
다른 친구도 형편들이 그러했고
그것이 다였습니다

산과 들이 온통 초록빛에
여기저기 입맞춤 소리
봄이 기지개 켭니다
개미는 또 일합니다 열심히
그런데 베짱이가 보이질 않습니다
헛기침 소리도 노랫소리도

일은 안 하고 노래만 부르더니 꼴좋다
했는데 시원한 것만 아니었습니다
자꾸 노랫소리가 귀에 맴돌고
그냥 그랬던 노래가 밉기만 하던 그가

식량을 줄 걸 잘한다고 칭찬도 해 줄 걸

그도 시름시름 했습니다
뚜렷한 병도 없는 것이
일하기도 싫고 밥맛도 없고
일하는 것만이 낙이고 밥 만 이 전부인
모이고 쌓이는 하루하루가 행복이었는데

어느 날 개미도 그를 따라갔습니다
이따금씩 들리던 그 노랫소리가
보기 싫던 그가 큰 느낌은 아니었으나
삶에 어떤 활력소였던 것입니다
한 지지대였습니다.

보톡스

주름살 펴고 여기저기
웃지도 울지도 한순간

여성은 물론 남자까지
얼굴 미용에 좋은

주름 제거는 물론 여러 질병에
두루두루
많은 신도 뒤따르네
그대

겨우 150g 무게로
온 인류를 절단 낼 수 있다

한 줌으로 그 많은 생명체를
가볍게
그리 무서운 무기가 된다

편히 쓰고 흔하게 듣는

친한 이웃 그대가

A급 화학무기.

땅의 축복을

봄이 왔다고
얼른 긴 잠에서 깨어나라고

급하게 먼 길 앞서 오느라
치장을 못 해
빈가지에 매달려

살짝 붉어진 얼굴이

속속 털어내요
땅의 축복 느껴요
봄 금방 가는데

상큼 여기저기 뿌리며
때마다 닫힌 마음 열개하고
가슴 뛰게 하던

가까이서 반기던

잘 나가던

참꽃

지금은 밀리어 뒷방노인네

먼 산에서나 볼 수 있네.

겨울 松

모두 잘라내고
앙상하게 죽은 듯이
추운 겨울 절 받는데

늘 그렇듯
푸른 잎 푸른 줄기
한마음이
의연한 자태로

한여름 뜨거운 태양 안듯
흰 눈 몸 곳곳
두루 껴안고

독 · 야 · 청 · 청

겨울 친구
두리번 두리번에

어이없다

저 멀리서 외마디 소리만

독야 ～

씽 ～

하얀 발자국 남긴 채

하얀 꽃 드문드문
하얀 발자국 남긴 채

올곧은 줄기
물들지 않는 꽃잎이

어울릴 줄 모르고
온갖 곤충 달려들고
여기저기 붉게 검게 자랑질이

하얀 꽃으로는 살기 힘들다

안으로 삼키며
온갖 보듬으며
하얗게 타들어 가고

많은 이들에게 보이고는 싶다

떨칠 수 없는 숙명이

홀로 외침이

만개한 하얀 꽃밭

그곳에선

볼 수 있겠지.

그녀의 죽음 小考

I

똘이가 죽었습니다
시름시름 앓기에 병원 열심히
다녔으나 방법이 없었습니다
노환이라고
개 장례식장에서 화장을 하고
양시 바른 곳에 묻었습니다
너무도 슬펐습니다
그 애 물품만 보면 복받치고
시도 때도 없이 떠오르는 것이
병원비에 장례비로 4달치 월급이
날아갔으나 조금도 아깝지 않았습니다

Ⅱ

아버지가 돌아가셨습니다
담담했습니다
삼일장을 치르고 집으로 돌아왔는데
눈물도 없고 후회도 없고
같이 산 세월이 적었기에
무덤덤한 부녀 성격 탓이기에
라고들 했으나 그랬습니다
회사에서 나온 부조금 전해드리고
별생각 없는 것이
그저 피곤만 했습니다

Ⅲ

장례식장이 시끌시끌
북적북적
너무 비좁은 것이 끝이 안 보이고
특실이라는 데도 그랬습니다
조화가 온통 길을 막고
악수하느냐고들 바쁘고
전화 통화에 불이 납니다
아들이 고위층이라는데
그저 시장통이었습니다
그녀도 시장 사람들 하나고.

그 마음

그 사람 마음
알 수 없어요
읽을 수 없어요
모르는 게
사람 마음이니까
그런데 알 수 있다 했어요
읽을 수 있다 했어요
철없음에
가벼움에 그 마음
다시 하고 싶어요
잘 그리고 싶어요
그대 곁에 늘
바람이어라
바보 같은 사랑
기도합니다
그 마음.

살맛 나게 살맛 맡고

살맛을 맡고 살아야
살맛이 나는데
살맛 없이 사니
살맛 없고 덧없고
너도나도
분칠에 두터운 옷
온갖 주렁주렁
다
벗어내고 내던지고
벌거벗은 몸이
순백의 마음으로
흠뻑
살 냄새 속
살 냄새 맡으며
살맛 나게
신명 나게.

쉽지 않은 말

그때그때
해야 하는
그
상대가 있을 때

이유가 붙으면
늦어지고
못하고

미안합니다
사랑합니다
쉽게 입에 안 붙는
그 말

하고 나면
가슴이 뻥
뿌듯해지는

때를 놓치면
찜찜
후회가
평생 맺히는.

한 作品

나누고 싶어 내보냅니다.
자랑보다
함께 마음이
지 잘난 맛 더 크다 들 해
가슴 조이며
하늘 같음에
가도 가도 그 자리
당신 자리
가까이하기 저만큼
비가 내리고
햇빛 비추고
별거 없다 손사래
쓸데없어 이어도
여유로움 풍성풍성
어울림 한마당에
크게 넓게
나누고 싶습니다.

아는 만큼 보인다

아는 만큼 보인다

굴곡 굴곡
새록새록 튀어나오는
좋은 말씀
그 말씀

알았더라면…

안타까움 넘나들고
후회가 파도치고
앞으로도 피할 수 없는

그리 커가는 거다 라고요
그러나
알았더라면
어땠을까?

後記

책을 낸 지 벌써 20여 년이 흘렀다. 그동안 낸 책도 10권이나 됐고 세월 참 빠른 것이, 엊그제 일 같은데 벌써 그런 時間이 흘렀다. 책 낼 때마다 추억이 새록새록한데…

처음에는 많은 기대와 설렘 속에 책을 냈다. 그러다 차츰 혹시나 했더니 역시나 하면서 요즘에는 그러려니… 큰 기대와 설렘이 혹시나가 역시나를 거쳐 그러려니로 이어진 것이다.

그런데 이런저런 속에서도 책 내기가 계속 이어진 것은 글쓰기가 내 삶의 일부분이 된 것도 있지만 큰 관심속에 많은 격려와 응원을 해준 분들이 있기에 가능했다.

그들은 글쓰기에 관심이 있거나 활자 중독증에 걸린 분들일 텐데 나는 이들을 박사급이라고 부른다. 그 정도의 수준이라야 읽는 것에 부담 안 느끼고 쉽게 다가가며 이해하고 옆에 둘 수 있기 때문에.

많은 감사를 느끼며 한편으로 뿌듯하기도 하다.

활자체가 시들시들한 요즈음이다. 영상매체의 비약적인 발전에다 쉽고 빠르고 편한 게 대접받는 세상이다 보니 거기다 실용서적에 치이고 小說에도 치이는게 詩이고.

임금(연봉)순위 최하등급에서 2위가 수녀이고 3위가 신부 그리고 1위가 詩人이란다. 小說家가 5위고 진도사가 그 언저리.

그런 현실이다 보니 소비가 없고 자연스레, 그들끼리 동아리化 되어 가는 것 같아 마음이 아프다.

정신영역의 큰 축이며 오랜 歷史의 산물인데, 물질만능 時代에서 편하고 쉽고 화려한 것만 추구하는 時代다 보니 그 가치가 무시되고 보잘것없이 평가되고 알려고 하지도 않는 것이다. 사람을 사람답게 하는, 선택이 아닌 필수요소가 文學인데 말이다.

슬픈 일이고 가슴 아픈 時代이다.

詩 쓰기는 나에게 있어 곁에 있는 아주 편한 도구였다. 必要할 때 마다 쉽게 꺼내 쓸 수 있는 그래서 학교에서나 연애할 때 有用하게 쓰곤 했는데.

세월이 흐르며 이리저리 부딪히고 깨지며 詩 쓰기가 몸의 일부라는 것을 함께 가야 한다는 것을 깨닫게 되었다 운명이다 라고.
그런데 그것을 좀 더 일찍 알았더라면…
바꾸기에는 늦어버린 그때이었기에 후회가 넘실넘실이다.

詩가 業이었다면 일찍 학교로 갔을 거고 어쨌거나 타이틀도 붙고 인맥도 쌓이면서 이런저런 상도 타고 했을텐데…
詩는 어떻게 변했을까? 어렵게 썼을까? 그런데 그런 후회가 어디 나쁜이겠는가?

詩 쓰기는 어떻든 많이 써야 할 일이다. 이미 많은 분들이 언급한 이야기지만 그래야 대중적인 것들도 많이

나와 두루두루 읽히고 예술적인 것도 많아서 이런저런 말도 돌고 할 것이기에…

　당연히 묵고 삭히면서 갈고 닦아야 하는 것은 말할 필요도 없고. 그런저런 作品의 양산이라고 의미 없는 짓거리들이라고 비웃는 분들도 있겠지만 어쨌거나 나는 그러려고 애쓸 것이다. 많이 쓰고 싶다.

　의미를 주는 詩
　한 폭의 그림이 그려지거나 또는 가슴 깊게 무언가가 느껴지는 그런 詩 쓰고자 한다.
　그래서 많은 이들이 읽고 느끼며 (그런데 아시겠지만 詩는 천천히 조금씩 반복해 읽어야 함) 마음도 풍요로워지고 커지고 기분도 크게 활짝 날았으면 한다.

　조금씩 그러나 꾸준히
　그것이 재능이란다.

2018年 9月
관악산 한 자락에서

片石

맹기영 시집

누군가에는

초판 인쇄 2018년 10월 05일
초판 발행 2018년 10월 15일

지은이   맹 기 영
펴낸이   장 호 수
북디자인   김 은 숙
인쇄   (주)금강인쇄
펴낸곳   도서출판 시인
          등록번호 제384-2010-000001호
          등록일자 2010년 1월 11일
          13992 경기도 안양시 만안구 안양로 320번길 20(안양동)B동 2층
          Tel 031-441-5558 Fax 031-444-1828
          E-mail : siin11@hanmail.net